詩集

ビー玉の家

田島三男

Tashima Mitsuo

土曜美術社出版販売

詩集　ビー玉の家＊目次

Ⅲ　二人でドアを

詩集　ビー玉の家

I　ビー玉の家

はじめまして

もぎたての小さな言葉は
大きな皿の上で心許ないが
始まりのみずみずしさは
生き抜いたそのままに似ている
生まれたての朝日のそのままと
沈んでいく夕日のそのまま
　今日まで生きてきましたね
よろしければ
もう一日繰り返してみませんか

はい、どうか
よろしくお願いいたします

店頭

野菜や果物たちは
生まれた畑を後にして
店頭に並び
誰かに選ばれて
食卓デビューする

トマトのように瑞々しく
キャベツのように思いを重ね
東京とかＮＹとかいう

宇宙の中のほんの地方都市で
人も選ばれるのを待っている

鼓動に合わせて地球が回り
毎日毎日待っている
昨日売れ残った自分を
今日はもう一度新しくして

オ・クロック

部屋から時計をはずして
時間を私の中に取り戻す
フックだけが残った白い壁には
ちらりと見ていた時計はなく
こちこちかちかちと
自分で日々をきざんでいく
何時までに何をしようかと
手掛かりを探そうとして
時計ではなく自分を見ようとするが

フックだけが残った白い壁のように
昨日も今日もたぶん明日も
何か欠けた光景に囲まれている
それでも日は動き
心もどんどん動くはずだ
赴くままに
ぴったりの時間を探そうとする
ワッ・タイムと問いかけて
ぴったりの時間を
オ・クロックと一瞬ためて発音するとき
何もかかっていないフックに
自分がひっかかっているような気がする

まだですよ

せっかちな時間たちが
前の時間を追い越して
陽気な歌を歌う
すると木々が騙されて
つぼみを膨らませる

時間はときどき
インチキをする
人も騙されて

「暖かいですね」と
嬉しそうに語る

追い越された時間たちが
あとから続くから
「ぶり返しましたね」と
二度騙される

寿命の最期の時間が
前の時間を追い越してきたら
そのまま死にますか？
人もインチキをして
時間を騙せばいいのに

待合室

まだですか？
という声を聞きながら
本でもないかと探すと
ボディーバッグの中に
やる気を保つにはという
走り書きを見つけた

「可能な目標」
「期待すること」

「賞賛のことば」

もう少しなら待てる
痛みがやわらぐ
辛抱強く待てて立派だ

まだですか?
あちら側への入り口は
急いでいる
今までの自分でいっぱい

給料日前

三錠のところを
一錠ずつ飲んでいたが
とうとうなくなってしまった
空気から
水から
食べるものから
薬効を得るしかない
体を動かしながら
心を動かしながら

治すしかない
私は空っぽの薬の瓶だ
体の細胞に頼んで
クスリ工場を
自前で稼働させる

その日

日常の顔をして
その日は訪れる
Kさんは四回も
やって来た
一回目と二回目は
いつものように
三回目は何をしに来たのか
忘れたと言い
四回目は何も言わなかった

ご近所からの
晩ご飯の差し入れを
半分持たせて帰したら
そのまま老人ホームに
連れて行かれたという
お向かいさんの話では
玄関先で泣いていたという
その日は繰り返さず
それ以上は
話題になることもなく
いつかは訪れる
お別れの日

瞬間

ナイフがひらいた時の間に
小さな庭があった
そこで私は
土いじりをした
月明かりで
なたねの苗を植えたのは
楽しみが欲しかったからだ
数分のような数時間がすぎて

ネクタイをつける足もとで
ねこの甘えるごろごろがして
新聞は帰ってから読むことにして
あいた手で
ＴＶのチャンネルをかえる

いつもこうなんだ
こおった部屋で
だれのためでもないオーディコロンを
ひとふりつけた瞬間
私の七時四十五分が回り始める

言葉なき繰り返し

生まれたての光は
母の目をして入り込む
一人暮らしを始めた
最初の朝のように

初めての彫刻刀で
石膏質の心を少し削り
かけらが筧を伝い
水鉢におちるように

光が窓辺に腰掛けて
黙ってこちらを見ている
昨日も
今日も
そして明日も
初めて詩を書いた朝のように

ビー玉の家

子供の頃住んでいた家の天井裏に
ビー玉を隠していた
ビー玉遊びには
一個から増やせる喜びがあったから
兄弟姉妹の目を掠め隠した宝物だ
引っ越しのとき
持っていくのを忘れて
そのままになっている

毎日眺める風景に
ビー玉の家が収まっている
他人が住んでいる家に
私の大事なものがある
きらきらと輝き
ころころと心許ない
それは
すぐそこにあるが
手の届かないところにある
毎日眺める風景に
家族と過ごした光景が重なる
ビー玉の家に帰ってみたい

私の家族は

ビー玉のように寄り添い
そして転がって行った
私もころころと
行けるところまで行った
そこに
小さな家ができた
家族が一人二人と増え
寄り添う家だ

Ⅱ　冬の願い

カバン

玄関を出るときは夫で
電車に乗って社会人になったり
途中下車して父親になったりする
また電車にもどって
ガタゴト揺られながら
なりたい自分が私を脱ぎ捨てて
隔離されたトンネルから
ゴオーッと抜け出していく
あとから夫や社会人や父親たちが

やっとこさ追いついて来たとき
ドアが開いて
私が押し出されていく
何をしに来たんだっけ
カバンを握る感触に
今日もつなぎとめられている

真実のことば

ごった返すパリ北駅に立っていたら
人種の波間からすっと現れて
男が「こんにちは」と言った
呆気にとられるほど清々しく
不安もその男の姿も
ざぶんと消えていった

おそらく彼は未来の私だったのだ
私を守護するものが遣わしたのだ

一瞬にして消える言葉は
このように留めるものだと
教えるために

そして三十数年がたつが
私はそのような言葉を遣えない
生徒でごった返す職員室の前で
私は知らない生徒に呼び止められ
別の教師を呼んでほしいと頼まれた
急ぎの用があったので
見せかけの親切を大きな声で行ったが
気になって彼の姿をさがしたときは
もうどこにもいなかった

おそらく彼は未来の私だったのだ
私を守護するものが遣わしたのだ
心が入っていない言葉は
いつか自分に返ってくるものだと
教えるために

小鳩

教室に小鳩が迷い込んだ
へたくそに飛びまわり
大騒ぎになった

机の下ですくんでいるところを
両手で包みあげると
ビニール越しに温もりが伝わる

「飼いたいです」を受け流し

教室とマリア像の間に
空への入り口を見つける

放すときょとんとしている
初めてなんだろうか
親以外に優しくされたのは

もどると丸い目がいっぱい
わけあって偶然に迷い込んだ
あなたたちと私たち

地上の鳥

地上に人がいなくなった日
代わりに
空をにぎわしていた
鳥たちが下りてきた

自由に飛ぶことを忘れ
今ではスーツをきて
真面目に地上を走り回り
自分が鳥だったことを忘れた

大勢で賑やかに
さえずることも忘れたから
今度は空に住人が消えても
気づかないでいる

空に鳥がいない日は
まだ子供だったころ
気づかないで広げていた
心の翼を思い出そうとする

職場

いつのまにかこの職場にいた
五つめだというのに
懐かしさを感じた
私が目覚めたとき
花屋だったり
芸人だったり
小学生だったり
米屋だったり
銀行員であったりしても

驚かないだろう
人はある日生まれたように
気がついたら
あるべき姿になっているから

生姜焼き

学生街の食堂で
生姜焼き定食を注文した
余計なものは何もない
豚肉と生姜
キャベツ
味噌汁
大盛りの白ご飯
コーヒーもデザートもない
六五〇円がなぜかうれしい

ありがとうと
おばさんのがらがら声もうれしい
余計なものは要らないことを
確認できたことがうれしい
背伸びしようとしても
何もなかった学生の頃のように
生姜焼き定食を
がつがつ食べたことがうれしい

冬の願い

スペインやメキシコでは
十二時の鐘に合わせて
葡萄を食べる風習がある

鐘が鳴るたびに
一粒ごとに願いごとをすると
希望にみちた十二ヶ月が始まる

だが三秒ごとに鳴るのだ

弱い願いならば
間に合わないだろう

言葉の果実がたわわに
垂れ下がっていても
うまく飲み込めないだろう

だからせめて一つくらいは
願いをしっかりと灯す
希望を語る生き方をしたいと

シュタイルラーゲ（steillage）

ドイツにある
川沿いの急斜面の畑を
シュタイルラーゲという
葡萄畑の北限に近い
北緯50度の地の
傾斜30度超の畑だ
機械の入らない畑で
収穫は手作業
やさしい太陽光と

水面からの反射を浴び
果実はゆっくりと熟す

私の言葉の畑も
冷え冷えとした
険しい場所にある
思いやりを保てる
極限に近いところで
希望という光を
あちらにもこちらにも
反射させて
言葉の実を育てている

言葉の背中

言葉の背中が
通り過ぎて見えることがある

アイニーヂュー
（あなたが必要です）
ではなく
アイニーヂュー
（いっしょにいてね）

アイルビーゼア
（そばにいるよ）と
最初に言えたらいいのに

咄嗟に応じる言葉に
虚《きょ》があらわになるなら
語ることをやめて
受けとめようと思う

アイニーヂュー
（まだ死なないで）って言われたら
アイルビーゼア
（きみの心にいつまでも）
いさせてくれて有り難うと

ヒューマン

Humanという単語を見ていると
フマンに見えてくる
人の不平不満を嫌がるのは
人間らしさを否定することだと
文字に叱られる
みんなが不満をこぼさなかったら
どんな世界になるというのか
お坊さんばかりの社会になりそうだ
不満を言う人もいれば

我慢して乗り越える人もいる
それぞれの立場でものを言うとき
愛がなければただの不満だ
不満を言うなとカッカするのは
愛する余裕がないということだ
心に余裕を持とう
あなたの不満なら
もっと聞いてもいいよと

Ⅲ　二人でドアを

三月の風

人はきちんと学ぶと
最後には
風を見ることができる
花や土や石の
名前を言うように
これは何々の風と
言えるようになる
二月の雪
三月の風

四月の雨
五月の花
見えないのは風だ
冬と春がせめぎあい
風が吹く
ライオンのようにやってきて
虎のように荒れ狂い
羊のように去っていく
終わりのような
始まりの風を見たい

＊ 英語のことわざに触発されて
March winds and April showers bring forth May flowers.
March comes in like a lion, and goes out like a lamb.

はじまり

終わったときが
はじまり
たとえば夏休み
終わったら
学校のはじまり
たとえば夜
終わったら
朝のはじまり
たとえばカップに残った

コーヒーの香り
いつかまた飲みたくなる
終わったあとも
心にのこり
繰り返せば
繰り返すほど
みがかれていくもの
それが
未来のはじまり

二人でドアを

ドアを開けたら
またドアがあって
進もうとする僕たちを
過去の僕たちが
後ろから見ている
セシル通りの下宿屋の
二階の部屋で
二人は笑って
未来を見ている

おばさんに無理を言って
二人泊めてもらった
小さな部屋から

ずっと
後ろの方で
僕たちから「たち」をとった
ずっと前の僕が
見ている
寒くて空腹な
イギリスの夜を
一人で過ごした部屋から
同じ部屋にいる
想像もつかない

幸せそうな二人を見ている
あれは自分なのかと

明日も
その先にもドアがある
そのときは
僕たちは
僕「たち」なんだろうか
孤独の日々から
愛する日々を過ごし
この先どこへ通じているのか
後ろから見ているのは
僕なのか
僕たちなのか

眠る力

よいこらしょ
さあ眠ろう
眠るのは一仕事だ

どっこいしょ
体力がないと
ちゃんと眠れない

よいしょ

こらしょ
眠りをつくっていく

よいしょと仕事をして
こらしょと運動して
よいこらしょと入浴する

どっこいしょ
今日の荷物を下ろして
ふーっ、お疲れ様

六根清浄どっこいしょ
一日の汚れを洗い流し
始まりの気持ちになる

眠りに向かって
歩き続ける
数万日の中の日々

よいしょ、こらしょと
清らかな眠りをつくる力を
明日もください

おうちカネ無い

コーヒーを淹れようとして
何かを落とした音で
家族が目を覚まし
二階から下りてきた
いきなり「おうちカネ無い」と言う
そうだね、うん？
突っ張り棒のカーテンだったから
「落ちかねない」と思っていたの
会話はそれでも成り立っていく

お金がないから
間に合わせのカーテンなんだね

股にはさんだステッキや
頭にのせた眼鏡を捜すように
耳の中に入ったままのものを
脳みそが探そうとするとき
意味が滑り落ちて見えない
炎から光だけ取り出して照らしたり
熱だけもらって暖をとるように
言葉も分解されかけるが
あとになって見つかることがある
永田川でおじさんが言っていたのは
ブランコではなくボラの子だったと

水族館で気づいたりする

そうだね、うん？　が繰り返される
耳の中に入ったままのものを
心の目で探していたら
明るくて温かな答が見つかることがある
探すのをあきらめたら
支え合う突っ張り棒が落ちかねない

枕

ワンちゃんが女の子の日になり
出したばかりのカーペットが
たいへんなことになりそうだ

とっさに私の枕が登場した
枕だと思っていたのは
数枚のシーツだった

幾重にも折り込んであったものを

リビングにさーっと広げると
繊維が海のように広がった

昨日まで見ていた夢たちが
波間に漂いながら
朝の光の中で消えていく

カーペットの上の薄い海が
柔らかな波を立てて
また受けとめてくれそうだ

小さく折り込まれていたものが
すべて受けとめようと
膝枕や腕枕の安らぎを広げる

彼女

栗がキロ千円を切ると
逃さずに買い
黙々と鬼皮を剝き
渋皮煮をつくる
一年に一度のこと

重曹を入れてふつふつ
ことこと
静かに煮るのは鍋のこと

合間の掃除やら洗濯やらは
日々のこと

アクをすくい
煮汁をざーっと流す
彼は知らない
ふつふつと煮たき
断ち切っていく日々のこと

彼女には皮ではなく
彼がついている
She には he がついている

男も女も、 物や事象も

「彼」はすべてをさしていた
いつのまにか区別され
忘れてしまったのは
つながりを感じること

自分の中にいる自分
外にもいる自分
連鎖に応じること

寒い夜「シー」と言うと
センサーライトのように
ぽっと反応するということ

彼の知らない手間暇を経て

ある日完成品に出くわす
安納芋のバウムクーヘンに
アイスクリームを添えて
大きな栗がのっかっていた

一年に一度のごちそうは
語られない繰り返しが
こさえてくれる
彼の中で
彼女が点灯するということ

月曜の朝

月曜日になってしまった朝
いつも通り外に出て
体をウォーミングアップし
気持ちもアップさせる
まだ人通りの少ない道路を走るとき
「ちゃんと帰って来いよ」という
父の声を思い出す
空席一つをもとめて
ヒースロー空港を駆けたように

早朝の街を走る
あのとき追い越したのは
おじいさんだと思ったが
若者の目から見たおじいさんは
今の自分くらいだったかもしれない
さあもうすぐ出勤だ
もたもたしていたら
誰かが笑顔で追い越すだけだ

祓う

八幡宮に
車のお祓いに行った
榊の小枝を
時計回りにではなく
間違えて
逆さに回して供えた
気になって
間違えた時点まで
反時計回りに

戻ってみたくなる
いっそのこと
もっともっと
間違えたところまで
戻ってみようか
どこまで遡って
自分を
やりなおせばいいのか
それは今でしょう
未来から遡り
今から
ちゃんとやっていけばいい

ことば

よいことばほど
とおくまで
人を歩かせてくれる
愛する人を残して
人に旅をさせる
陽を仰ぎ
あせを流していると
そんな旅を忘れてしまう
ひとにぎりの憩いのために

ふたにぎりの
苦しみをいとわない
それでもまた
よいことばに出合うと
なまけものになって
ぶらりと歩き出すだろう
愛する人が口にしない
ことばを
どこかで愛しているから

古い本からあふれることば
旅人の語ることば
よっぱらいのことば
道端におちていることば

ことばの中でも上等なものは
魚屋の店先の
サカナの目に似ている
死んだあとで何かを語る目は
一等のことばのように
むき出しにさらされている
思い切りよく泳いだ姿は
ことばに似ている
よいことばは
そのときいちばんよいから
いつまでも上等だ
考えようとするまえに
ことばは力強く人を歩かせている

よいことばには
必ずしも深い考えがあるのではない
考えすぎることは
からだを疲れさせるが
結局たいして考えていない
よいことばは
人を亡くすときの涙に似ている
むずかしい理屈をこねなくても
あふれる涙は
よいことばに似ている
人を動かし人を殺し
人を納得させる
一等のことばには深い考えよりも
今日燃え尽きることへの共鳴がある

一等よいことばは
人を緩慢に殺し
人にそれを止めさせない
よいことばは
死んだあとも旅をさせるが
実はどこにも行かせない

あとがき

拙詩集を手にとってくださりありがとうございます。私には本名で書いていた習作時代の詩集はありますが、田島三男という名で書いた詩集はこれが初めてのものです。ちなみに筆名は父の名からとりました。

子供の頃父が黒塀の二階建ての家を指さして「あの家にビー玉を置き忘れてきた」と語ったことがありました。その家についての言及はそれっきりでしたが、あのときの父は未来の自分だったのではなかろうかと夢想することがあります。「人は語ることのない出来事を抱えながら、語ることのない日々を繰り返していることを忘れるな」と私に言いにきたのではなかろうかと。私が父だと思っていたのは未来の私で、私を守護するものが遣わしたのかもしれないと。語られることのない日々の中で忘れ去られていくものを、まだ翼がのこっている少年の心に留めおこうとしたのだろうと。

私にとっての「ビー玉の家」は通り過ぎてしまった言葉の後ろ姿を眺めながら、今更ながら正面から受けとめ直そうとしたものです。

この小さな詩集を出す現実的なきっかけは詩人の竹内美智代様と中村不二夫様との出会いでした。同じ鹿児島県出身の竹内様には出版にあたり何かと相談にのっていただいたり、中村様からは「詩集は誰のためにあるのか」を示唆していただいたりと、お二人には心から感謝申し上げます。また土曜美術社出版販売の高木祐子様、編集から装幀まで辛抱強くおつきあいくださり誠にありがとうございました。そして素敵な装幀をしていただいた木下芽映様、感謝いたします。さらに忘れてはならないことですが、地元の詩誌「野路」に参加させていただいたことがありました。藏薗治己様、創作の居場所を提供してくださったことを深謝いたします。人と人との間に創作のドアが拓かれることを実感しております。ビー玉の家のドアもタイムトラベルを経てやっと。

二〇二四年五月

田島三男

著者略歴
田島三男（たしま・みつお）

1961年３月生まれ

1979年～2014年　日本中央文学会同人
詩誌「野路」を経て現在、
鹿児島県詩人協会、日本詩人クラブ会員

詩集　ビー玉《だま》の家《いえ》

発　行　二〇二四年九月三十日

著　者　田島三男
装　幀　木下芽映
発行者　高木祐子
発行所　土曜美術社出版販売
〒162-0813　東京都新宿区東五軒町三―一〇
電　話　〇三―五二二九―〇七三〇
ＦＡＸ　〇三―五二二九―〇七三二
振　替　〇〇一六〇―九―七五六九〇九
ＤＴＰ　直井デザイン室
印刷・製本　モリモト印刷
ISBN978-4-8120-2841-4　C0092